秋风隐

陈敏 著

陕西新华出版

太白文艺出版社·西安

图书在版编目（CIP）数据

秋风隐 / 陈敏著. -- 西安 ： 太白文艺出版社,
2025. 1. -- ISBN 978-7-5513-2893-7

Ⅰ. I227

中国国家版本馆CIP数据核字第2025NR6038号

秋风隐
QIUFENG YIN

作　　者	陈　敏
责任编辑	姚亚丽
策　　划	泥流文化传媒
整体设计	建明文化
出版发行	太白文艺出版社
经　　销	新华书店
印　　刷	三河市华东印刷有限公司
开　　本	880mm×1230mm　1/32
字　　数	95 千字
印　　张	9.625
版　　次	2025 年 1 月第 1 版
印　　次	2025 年 1 月第 1 次印刷
书　　号	ISBN 978-7-5513-2893-7
定　　价	68.00 元

陈敏，1984年出生，江苏兴化人，江苏省文艺评论家协会会员，泰州市诗人协会副主席。诗人，湖畔诗社发起人，诗歌公众号"空谷诗心"主理人。

目录

第一辑　微暗的花

第二辑　她挽弓

第三辑　隐身术

第四辑　语言的瞳孔

第五辑　湖水如昨

第一辑

微暗的花

当那苍白的黎明来临，

你会发现我留下的空位，

直到黄昏，

依然冰冷。

——波德莱尔《恶之花》

你恰巧就在那头

夜不会松动

恰如云不会伤痕累累

你也无须向一棵树

去盘问季节的迁徙

大约就在她的裙摆翩翩之际

动容的奥义瞬间舒展

黄雀攀上枝头

光阴爬上墙头

你恰巧就在那头

2015年

时光之痕

总有一些容器

思念你喝剩下的酒

半个瓶子在摇晃

扰乱了光线

吹乱身体的曲线

没入傍晚的尘埃

总有一些人

想闯进你半老的青春

一扇来不及关闭的窗

在夏天爬进了整片草原

有次我擦亮那些酒里的

碎片

它们吻了我

留下时光之痕

2015年

从一堆羞涩的辞藻里出发

有时我会不经意谈起你
在暖阳里抚摸不可名状的过去
如今的词语昏聩无奇
只是围捕到一些
早已随风而逝的尘埃
它们组成的句子
陷入泥潭般的呓语
坠毁于另一个时空

我总是轻声细语，也止不住
费力呐喊
那些清丽的又火燎燎的句子
像一场惊慌失措的追捕
多年以前
我以为你就在那里
一个轮廓不清的早晨

我故作镇定

正打算从一堆羞涩的辞藻里

出发

2015年

致冬夜酒鬼

是谁在冬夜里摇晃

敞开胸怀，灌满风

世界影影绰绰

像走失的孩子

三巡以前

我们高谈阔论

一颗饱满的心到处做证

三巡之后

我们浑噩、无明

到处找寻那颗干瘪的

心

2015年

我们应该在一场大雨的日子相遇

就像铜镜里的面孔

剥落的朱漆

被雨淋湿的河

亡命天涯的情侣

要我说呀

我们就应该

在一场大雨的日子相遇

甩开满街的耳目

用火红的皮鞋叩路

奔跑，就这样接过

陌生人的花朵

2016年

西津渡

李白登岸了

王安石也登岸了

一些僧侣和流放之徒

也纷纷登岸

身处这个冬夜

江风和煦

我一点也不关心古人

一轮明月跌落江心

古渡人影绰绰

看不清何人渡我

分不清我度何人

2016年

前世

宿醉醒来
窗外天高云淡
每一滴酒
都恍若隔世

从前的牧童
不愿睡去
一头牛在湖边
舔自己的倒影
天空也是这般
郑重其事

2016年

在古代

那一方池面
在古代，容你梳妆
许我洗剑
我们隔着一棵杨柳树
垂下千丝万缕

那一方池面
在古代，枯荷听雨
客舟夜泊
禅院里的磬声
忽近忽远

也只能在古代
白翎栖身于你的秀发
下一刻委身我的箭羽
离了弦，鼓了风

吹皱一池春水

引燃一树桃花

2016年

黄昏里的鸽子

在我入定至昏睡的梦里

一只鸽子

就这样出现

她羽毛上的白

寺院高墙上的黄

此刻沐浴在灵光一现里

在鸽子的眼里

黄昏就这样出现

她闲庭信步

轻啄余晖

师兄们闭关已久

清脆的果腹声

正将他们从一个隐秘的世界

唤回来

在师兄们的微言细语里

我刚刚入定

他们比画着胜境中的吉光片羽

我恰好触碰到一种柔软

如同抚摸

一只黄昏里的鸽子

2016年

飞刀

那柄飞刀

过于明亮

它掠过的瞬息

是一面全速飘移的镜子：

一支娶亲的队伍正好路过

晨露倏然下坠

蚂蚁们费力搬动一粒米

师父入定不久

南园的桃花开了半树

它经过此地

应该是我

看这世界的最后一眼

可它过于明亮

无数个自我变为可能

于是我分出两指

飞刀嗡嗡作响

时光凝固在

镜面之上

2016年

一个古人的一生

一个古人的一生

要惆怅于多少雨滴

才能挨过，时光之慢

临摹无数碑帖

消瘦许多石砚

唯有如此

那匹最快的马

便追不上风中的铜铃

小姐的妆容

亦无须躲过柳绿桃红

也只有在同样的雨天

万籁俱寂

那阵铃声传来：

要悬停多少滴雨

续上多少杯酒

方能听完

一个古人的一生

2016年

复活

趁着梦境

复活一个人，或者一段往事

它们死去多年

是否长成一棵树的模样

得闯进那片迷雾重重的森林

将一击还给毒蛇

把坠落还给雨滴

用我们活着时的对话铺路

从铜镜里捡起一瓣梅花

就像第一次摘下，你的面纱

2016年

空谷

此处练箭

据说有回音

可我只听见

笔直的气流声

山谷里的松鼠，蹿上高枝

它屏住呼吸

听一颗野果掉落

厌恶皇帝

却并不讨厌公主

瞄准她嘴角的朱砂痣

呼吸、搭箭、松弦

八百里外的京城一声嘤咛

隐居空谷

理应心外无物

有时我屏住呼吸

一枚野果

已经掉落

　　　　　　　　2016年

老人与海

夏天快要过去的时候

父亲找来一把锯子

锯断了露台外的绳索

在他如释重负的眼神里

飞鸟、残阳和大朵的风

倾泻而下

他像一个出海归来的渔民

将一生的丰收和落寞

平等收入囊中

而后将绳索的一头交给我

确信它的截面平滑,并不扎手

我抬起头,与他四目相对

在父亲眼里,金色海洋中

一只小舟始终摇摇晃晃

而那把锯子上的齿,闪闪发光

獠牙般警醒我,故乡与异乡

2016年

器

黑暗里取一杯水

装满一只骨瓷杯

装满她的肉身和前身

这样的时刻我等了很久

譬如从无数雨滴里听见第一声

譬如看见那截沉香木，无所应答

黑夜里的时辰不可丈量

深渊一再延缓那些美人的迟暮

回廊里的过去，闭合之圆

不时给我一些身影

那是古典，也是现代

杯身上的玫瑰，长出第一枚刺

水满则溢，在摇摇晃晃的黑夜里

可能有一滴不规则的露水

注定将要降临

2017年

君子不器

我懒惰、自负，困于一条致命的旧巷

经年迟滞不前，观花不语，涌入黑夜

重读《论语》，夫子之忧虑

要搁在文火里细细消解

这一段无明之火燃烧我的戾气

读一百遍论语，颜回也无法验证我的清白

同样，我也无法证明知识的分裂

无法证明君子之交湛蓝似水

无法证明一滴眼泪隐藏在一场春雨之列

我所居住的泰州，已经没有泰州学派

唯独凤城河水声如昨，夫子的恸哭如昨

在风中，古银杏一片片摘下新发的叶子

君子不器，我又一次失手打碎自己

2017年

达摩

惶惑无定

一根芦苇惶惑无定

难以称量一块薄雾的重量

它尾随我，化身一朵轻飘飘的心病

青山不语，难以参透

我的布袋里装满一芥子的石头

往下看

渔娘的眉目里住着晚霞

鱼群缠绵，一位青目在唱屈原的歌

崖刻们无法挣脱

狂草之势，铁画银钩，任性之撇捺

将将削去法帖本身

烈日焚烧江水

波涛的裂痕里探出草类

它们当年也这样漂浮着

劝说一个流浪者

此人面壁九年
重估我一生的轻与重
当日大殿之上，梁武帝遍寻不识
如今我就在这里
芦苇入定，石头动容

2017年

命中注定的访客

今夜有雨来访

正如你祈盼的那样

雨滴的矩阵，垂直而透明

与水杉，与风，与湖面

演绎一段恰当的抒情诗

拍打芭蕉，拍打脸颊

一枝迎春筑起明黄色的宫殿

雨中之人合上纸扇

青山合上它的阴面

官道上的驿站在等一声长啸

红尘扬起，水流截断，有客来访

就连那封信也固执己见：

约定一场雨的时辰，一道剑痕的走向

约定一根红烛，不许红过你的面颊半分

2017年

在平原上生活

在平原上生活

只配拥有坦荡的爱

剑意高于山峦

落日低于落寞的脸

快意的历史与快意恩仇的人

一起隐居

在平原上生活

只配问候温柔的麦浪

松涛闯进陌生人的耳朵

在他们心里种下遗世与孤独

问道的山路这么长

一朵白莲伴余生

在平原上生活

星垂平野阔

一览无余中无处藏身

母亲缝缝补补

孩子打打闹闹

还有一处荒地

尚未开垦

那里裸露着

我一生的可能

2017年

宇宙这个小孩

在东方名邸之外

在海陵区之外

在中国和地球之外

宇宙这个庞然大物

赠我长河与落日

用银河洗涤我的狭隘

一颗星球丈量一枚野果

春风拂面，冬日感伤

速朽的物质与暗物质

橙黄橘绿，擎雨无盖

宇宙这个小孩

他偷走了我唯一的信物

后来我的身体长出了草

不用出门，就能抚摸到

荒芜

2017年

在一面玻璃之后勘破这个世界

你在巨大的落地玻璃窗前看风景：

雏鸟迷失在虚空，不可测量的

是飞翔途中的疲惫感，以及旅途本身

从一棵树到另一棵树

满树枯枝，突兀没有层次

一只舞鞋在寻找快登台的女生

报刊亭无人问津，寻人启事上布满涂鸦

整个城市陌生而焦虑

你的眼神是唯一的解药

——隔着落地窗的审判

荒芜的气浪吹散你精致的妆容

2017年

若干种心

午睡之际
右公主咿咿呀呀
汉语世界一片洪荒
一滴汗作吉祥卧
无论清澈或者混沌
它已不属于我
一切名相都不属于我

一点十五分
蝉鸣之声愈盛
为了写下这个汉字
我树敌无数
父爱之心、忍辱之心、清净之心
在我若有似无的肉身里
斗争了
一遍，两遍，三遍

2017年

闻风相悦

黑夜中的桂花

她有一千张面孔

她沉郁而热烈

她不与我说话

黑夜继续沉落

那一树桂花

要挣脱她自己

我不禁战栗在

整个宇宙的鼻息

2017年

镜中

只消磨平那面镜子

黑夜便不再起伏

少年的情欲，你的江山

就此收复，一粒种子随风飘扬

方丈投下的茶，抚平一道沸水

一把利刃同时也是一件钝器

我手持的风，吹进你在的镜子里

每一点铜绿都在起舞

一座山峦就要隐匿于你的雀斑

只要我磨平那面镜子

2017年

秋天

秋天了

层林尽染之间

并没有你的消息

母亲择菜，用去比上次更多的时间

父亲上下楼梯，关节里传来宇宙的声音

不知是初生，还是毁灭

世界无可避免地发生着坍塌和旋转

一只罹患眩晕症的飞鸟，在我的窗前

徘徊，它与天空之间的关联

变得不那么准确

我书房里的那口古井，一味沉默

要将我从时间轴线上移除

我很清楚，这一切都是阴谋

譬如脱落的册页重新变得牢固

譬如一滴浊泪之中月涌江流

既然你尚未归来，秋天了

我绝不允许一片叶子先行老去

2017年

无视

无视季节的力量

无视寒、枯萎和病态

无视你布裙外的臃肿

无视寥寥无几的炊烟

无视僵硬、雾霾和便笺上

你歪歪扭扭的字迹

无视夜的蜷缩、暖阳的凋敝

无视宅、羞涩和闭门不见

无视你对我的无视

只为墙角一枝梅，凌寒里

照亮你一点点，一点点的

红雀斑

2017年

原谅

一条河会不会原谅

一朵云的遮蔽

当我迈入这个萧瑟的冬季

行人迟缓，情人的眼泪

抵过落日的余温

一轮满月会不会原谅

一只手的错示

千江有水，千江月

我凭窗而立

众鸟高飞，月色腐蚀

2017年

心有猛虎

伏在我胸口的那只猛虎

突然开了口

它沉默多年，又黑又瞎

常年与书房那座老式落地钟为伴

黑夜里，它偷偷化身另一只针脚

编织出又一个时空维度

每一次回拨，无数自负或懊悔的

光阴，幽禁于此

警惕轮回，对此生此岸的审判

比任何人更像一个唯物主义者

在它沉睡了三十三年之后，我决意将它

唤醒，很多事

需要重来一遍

比如宿醉之人失去的前夜

比如在一本书的扉页写下某个名字

比如照见一面镜子，朝它深深作揖

2017年

太公山乱游

第一百零三级石阶之后

山貌未能如约而至

学生们四窜于早夏的气浪

忙于合影，他们的肢体轻易塑造出一种情境

山势随镜头被裁剪，能顺势高耸入云

也能屈尊为园林一角，天目湖的笑只消一抹

微风摇碎整座山头

佤族青年即将爬上刀山

小矮人开始麻木地表演

十一点十五分

我们从山脚分岔之处返回

同时看到

铁石的姜子牙，手握天书沉默不语

方丈双手合十，送别一个香客

红色绸缎勒死了一棵许愿树

导游喋喋不休，她的小白旗

号令着四面而来的风

2017年

旧山河

多梦
近乎一场语言实验
反复擦掉自己，反复熬
一味药，看着那些火粒
它们异常真实，却不能
烫疼我，它和我孰是孰非
谁是幽灵？在梦的场景里
我们固若无主之石

浅梦少欲之时读王维
那些石头会落地，一点点剥离
地心深处的岩浆，会翻滚
一寸寸收复旧山河
这一场不连贯的、逻辑撕裂的
实验，煮沸过一枚鹅黄的落日
燃烧着的那团火焰

转眼熄灭为戒律本身

在我的案头，摆放过一些石头
它们破碎、多虑，岌岌可危
我登临过它们，带着人类的
一册册疑虑，反复往前
反复复刻另一个殒身的自己
天明之前，吹灭那盏灯
语言的王国里没有假山
我写下的每一行，都坚若磐石

2017年

秋水赋

摘下眼镜

湖水将暗涨

掠过它的兵器、女侠半掩的面纱

随之放缓，武侠世界的慢

渴求精确，并不容许一丝风

拂过，如今这个世界正在我的掌上

凝视它，需要宇宙般的心力

不能是哲学问题，它是惊涛骇浪

不可掺杂日常与情色，它会起涟漪

达摩面壁也不妥，它过于古板

能是什么呢？

秋日下午，一对情侣手挽手

他们掌心的湖面互相错置

并无涓滴溢出，湖心枯荷

彼此缠绕，一些新的几何空间

随之溢出，一阵长风
吹过，它们摇摇欲坠
我需要虚构另一个肉身来证明
轻盈之躯耦合沉重之桥

2017年

变成一个神神秘秘的中年人

从望海楼上眺望

凤城河并非横无际涯

她脆弱的波段接近我中年的心律

迎春桥的曲线让人变得佝偻

路上经过一些学生、小贩与老人

光线在他们脸上缓慢流逝，捎走我

关于光阴的误判，变成城市上空的一朵云

一辆车正在礼让行人，它扮演文明又

畏缩不前的样子，加深了我的焦虑

往下走，无限接近一个垂钓者空白的湖面

我放缓脚步，看看别人的十八岁和八十岁

听一听身体内的旁白，延缓自己

变成一个神神秘秘的中年人

2017年

微暗的花

在我失手打碎一件瓷器的午后
那抹影子就尾随我
碎片被隐藏，一朵微暗的花
盛开，讲述光和雨露
暗香降临，书脊半裸
颜回在溪边掬一捧清水
我心领神会，替夫子择下
一根逆长的青丝

尾随我的影子，牵动视线
世界分割成明暗两界
一朵微暗的花
开在一个，我失手打碎
一件瓷器的午后
声音即将消匿
碎片不语，继续剥离着
作为瓷器的影子

2017年

南园之马

南园恩赐了一场雨水

大白马微微探出马厩

刚好是半个头颅的位置

冷空气在鼻端呼啸

这丝毫不影响它弹拨雨帘的兴致

——贪婪而真诚

马头上的红痣被一次次擦亮

催放寒冬里的蜡梅，飞越一只檐角

隐隐约约，引燃禅房内的灯芯

——兴奋之情一闪即逝

它随即收敛笑意，抖擞马鬃

在一匹马的眼睛里

我的窗棂被打湿

一个临摹中的字

戛然而止

2017年

公元二〇一七年

酒店外的喷泉

模拟着一场淋湿

黑夜隐藏了自己

侍者脸上，闪过一丝不易察觉的笑

无数气味，从旋转门里悄然穿过

一枝玫瑰，一滴红酒

你绯红的脸穿过这个笼统的夜

是啊，此去经年了

我送给你的帛书

不再那么具体

我们辞别的青山

早已不适合隐居

公元二〇一七年

我途经此地

那扇柴扉

会否虚掩着另一个你

2017年

古刹

抵达一座古刹

上山之路倒挂在古柏之下

与苍虬相比

崎岖显得漫不经心

半边天沸腾在火烧云里

一个僧人正将山茶捻干

整理衣冠

平复仓促与喜悦

一首诗、一匹野马

同时从我的身体逃逸

在那道门槛里

无色的风吹在无边的草原

2017年

冬之疾

冬天难以痊愈

鱼儿冰封在人天两界

摇尾乞怜的风

昏暗无定的光

在我微醺的目力所及之处

少女在风中哭泣

一朵山茶花

想要普度一个春天

2017年

现代性

到处流动的

曾经是光

乡间的水杉和你的发梢

小河的冰面裂开第一道缝

无数的光，穿过它们

就像穿过一面棱镜

永寂的黑夜，固执的古代

老僧在马背上坐化

边塞诗里永远放逐了

落日之圆，一滴枯雨之圆

无数的光，经此折射

你种花的手，临帖的笔

涌入我隐居的花田

于朽坏之处，移花接木

比冬日更生动的

是春光

年轻的水杉复活了无数遍

一骑绝尘的马发出雷同的

命中注定的长啸

我枯寂无情，只悄悄约定一束光

在每一个早晨，以第一缕的名义

爬上你的发梢

2017年

世界在逃亡途中

错失的涓滴

入梦时会涌来

香樟在身后

水牛在身侧

逃亡途中摘下斗篷

放下这柄剑

赌一赌两株麦穗，谁先金黄

于一段无人问津的路，铃上古印

古道之上从此有热肠

在另一道剑痕里

半亩水田倒流不止

世界入梦太久

牧笛之声高过秋天

2017年

不如，让我给你讲故事

丛林式的小叶紫檀

不如临水的黑松

夜空深处的银盘

不如户牖里的月华

满弓战意，不如一根弦

满眼山水，不如一瓢饮

有人教你世界观、整体、人生云云

爸爸只能埋头擦亮一簇微弱的火苗

这一次该讲到

天下书生齐聚京城

刺客们相约洗剑……

总有一天，你也要出发

踏上这微末之地

当你老了，记得带着细节回来

朝那个无言的湖面，扔一枚石子

2017年

古木出离

夜幕下的一棵树

在风中战栗

它警惕星空与永恒

藏身一座古凉亭的身侧

一些光芒从它的身体逃逸

贪婪之心纷纷消退

凉亭里的石桌，对弈的攻势还在

明月乃最凌厉的棋子，千江有水

只许落下一枚

并非每种心境，都能出离

你的美同样不为人知

倚靠这棵避世的树

腐烂退回野果

沉睡唤醒伊人

2017年

位移

肉身安宁

一具和合之躯不疾不徐

影子亦未激烈生长

屈从于光，屈从于难辨其宗的古籍

屈从于意外，屈从于高山已过、拾级不语

要不然呢

周末的罗汉松

比周一更遒劲

唯一的春天

已委身紫砂盆

光影逸出小叶紫檀

盗伐者的斧刃愈加明亮

我的身体里

也有一份野生的力量

它横冲直撞

从未死去

从未四处陈情

2017年

对于降临之物

对于降临之物

春雨、夜幕与宿命

迎接它们的，多是自顾无暇的奔跑

多年淬炼泥泞之躯

于编钟和古琴之前，发出悦耳之和音

修剪一盆火棘

依旧无法阻止身体里有火

圣人之教诲，皆以无为法而有差别

肉身困于纲常，何以解脱

不究竟

寒山问拾得也不究竟

对于降临之物

譬如你和我

除了一场源自重力的旋转

逃亡途中，我只来得及送你

桃花之一瓣

歧途之一岸

2017年

你就是我一心二用的样子

洗脸池下了一场小雨

两面令旗在云彩间不停飘移

古铜的水龙头，就差滴出，一行苔绿

我和女儿争抢着洗漱

满嘴泡沫，我们在镜子中偷瞄彼此

卡通发夹在她头顶摇来晃去

鼻音粗重，杯中之水尚未平静

一缕风滑过器皿

兴奋与警惕飞越她扬起的嘴角

早起一刻，误入一局，雕琢一句诗

风吹芦苇，正是要看它脆弱的样子

这面镜子里，我多年退隐

玻璃器皿不复我相

此刻好胜之心与童心，纷纷萌芽

难得一道风吹拂一场空

春风不居

你就是我一心二用的样子

2017年

第二辑

她挽弓

来是空言去绝踪，

月斜楼上五更钟。

梦为远别啼难唤，

书被催成墨未浓。

——李商隐《无题》

古黄河

卖樱桃的中年人

一定来自兰州

那个啥

他的尾音里有黄河的味道

——贩卖并不熟稔的水果

伪装另一种乡音

馈赠旧情人一段明码标价的回忆

"生活之困厄，在于可及而不可及"

樱桃之殷红，并不能掩盖中年人袖口的

一滴血渍，它如此鲜活

打开了我五年前的记忆

——五年之前，第一次到兰州

面对古黄河，我满腹混浊

"道不行，乘桴浮于海"

没有喟叹，也没有呐喊

在红肿的铁桥之上

我做了一个"耶"的动作

2017年

日历

29日，晴

眼疾晦暗

一千只蚂蚁在眼眶里迁移

这些生灵从何而来，要往哪儿去

楼下老汉正与一个木桩对峙

他呼吸均匀，节奏平缓

气息游走于手腕，斧刃一点点变薄

我听见阳光一点点炸裂

君子兰悄然开花

师父的小马驹长高了半毫

一只雄鹰循声而来，冲向我的眼眶

我只好闭上眼睛：

29日，晴

宜冥想，忌出行

宜蚂蚁返巢，忌决眦归鸟

2017年

毕业季

你留在枝头的那朵乱颤的花

老先生合上书卷带走了天涯

2017年

无须醒来，赠我哑谜

校园湖长出的新荷

它们谈论一缕风，究竟是自然规律

还是宇宙造化，哪一株又何其有幸

从上一次腐朽中得以重生

与湖边少女共读一本《微暗的火》

轻轻摇曳，轻轻搁浅

此乃人间无色无味的爱

接续轮回，唤醒倒影

世界百无禁忌，大师课、生物学、洛丽塔

情欲以及百无聊赖，就此沉沦或者醒来

回到音乐楼的218或文科楼的409

避开这水天一色的湖面

毁坏教案与手札

我想和学生谈论枯萎的意义

谈论一株植物失去颜色与水分

远离吹拂与照耀，剥离群像与体系

从此委身，一件朝北的瓷器

不言不语

赠我一个世纪的哑谜

2017年

折叠

蜀道香的猪肉脯
那些浸透在红色辣油中的微型芝麻
它们并不能减轻我在巨型世界里的病痛
父亲说，我吃剩的那半片阿司匹林
可以延缓一盆绿萝的衰老，足以令一棵濒死的树
起死回生
问题是，那棵树在哪里呢？
天台之上，我们刚刚向一条河流辞行
天空之中，到处人满为患
一株仙人掌，将所有的刺收回体内
唯独没有一棵树
父亲摘下老花镜，他的眩晕症随一张报纸
叠得方方正正
报纸上说，明天阵雨转＿
（阴/晴/多云），不定
在折叠的病痛里，居住着我
因拼凑而完整的肉体

2017年

昨夜

枕头还倒立着

梦的痕迹使它着迷

它奋力处于昨夜

仔细捕捉一段体温

一缕疲惫的长发

也许那双紧闭的眼睛里有火

整个梦滚烫而焦灼

一点都不像他标榜的清凉如水

一棵古银杏飞出天际

学生们有了新的争执

那只懒洋洋的猫，眼看就要挠破

故事精心设置的机巧：

如果他们能走出对方的梦

一个人能走出一只枕头的梦

2017年

变奏

她的琴弓奏响一树叶子

臣子们悉数退下

空荡荡的大殿上

只有树在歌唱，蓝色墨水

没过你的脚踝

没有人可以完整书写

别人的梦，在公主的天涯里

藏着你仗剑行走的雨

一切为时已晚

一切终有竟时

唯有忆起她一张一翕的样子

她才是一枚叶子

2017年

一棵树的伦理学问题

谁在申辩

被一根艾条烫伤的身体反面

一截槐树作为凳子的正当性问题

一片叶子同时也是一只风中战栗的耳朵

栽下一株让人懊悔的榕树、榉树、桂花树

月下独饮之时，斟满那些秘密

告诉他，别踩中摇曳着会尖叫的树的影子

2017年

给孤独园

祇树之上

满枝耳朵竖立起来

它们窥听到的秘密，愈发

沉重，非秋风所能解语

能解开一夜寒霜的只能是

另一夜，困在花园里的鱼

游不出那面圆

骨刺开花的声音

很快会摧毁一所房子

所有子民都将抵达

并臣服于那棵树

我将赐予他们安详

在他们纷纷逃离之际

舍卫国落满了黄叶

还有一些雨，等待我萃取

2017年

白龙马

一条龙

寄居在我体内

它伴我多年，以戒为师

共用一副有形之躯

山路最为陡峭之时，它会显现

想飞，跃往山巅的一刹

许多海水同时破碎，师父说

此乃梦幻泡影

我试过革除一些属性：

海水之咸，夜珍珠之温润，龟丞相

思想史一般隆起的背部形态

它们都与龙宫有关，与一条龙的过去有关

可这均不属于一匹马的记忆，想来让人心旌摇荡

更可怕的事实在于，那只猴子会读心术

它表演过各路神仙恭敬谦让分食一只蟠桃

接着龇牙咧嘴呈现，一只猴子的标准吃相
此举意味深长，为了文饰那条龙的太子气
我不在意踏伤的马蹄，乞食任意草料
龙吟与马鸣不一样，唯有日夜矫正口型
这残酷又滑稽的规训
有时让我在深夜笑出了声

取经多年，作为一匹马
我很明白师父法身清净
争抢分食他的妖怪，无数次唤醒我体内的那条龙
那一次在黄风岭，我差一点就御风而去
可悲悯之泪一再淋湿我，每次闯进迷雾
我和它都看到
我们，尚有一个沉重的肉身

2017年

一元复始

有时是诗

有时一贫如洗

蒙着面生活，黑枝上半朵樱花

心里结冰，听过多少孱弱水流

有时是你

有时一语成春秋

2018年

扁平足

未及听见朝露之音

扁平足星夜里欢歌

开门即山即海

老紫檀半疯半癫

朝臣们鸦雀无声

她豢养的孔雀，尾羽金黄

有人问战事如何？

我曾立于高岗之上

胸口之快意退去

一切恩仇、一生宠溺

尽数伏于，高高的麦浪

2018年

长羽

鸟鸣声唤醒我内心的一根长羽

它可能是赭色，在语言的岩石里沉寂太久

一切都显得悬而未决，就像赐予它今时

无数深渊将趋于大白——或者滑入

不可丈量的过去

这一切来得突然，心中顽石急遽粉碎

平生第一次踏空，去赴哪种绝境？

有时是松涛，辞去我们飞翔时的凌厉

俯冲之际，己身即寰宇，忘记一只鸟的身份

从一堆乱石中掠过，成为一张无所应答的白纸

那就听吧，晨间明晦

总在一问一答之间构成音律

金石太重，人声太轻，恰到好处的事物不在人间

山峦一线，深林一缕，最不起眼的暗流疏密有致

有时我会潜伏在它们的末梢，借一只鱼的眼睛

编织一只鹰的锐利，此身此刻，一种悲壮加速了破晓

山林将从它们自身的阴影中唤醒自己，伐木者

一路尾随，那柄斧子闪烁着不可言说的光芒

盲人也在赶路，他昨夜种下的星辉连成直线

早晨五点，我认认真真剃净最后一些花色胡须

蝉噪开始取代鸟鸣，万物复苏于自身的锋利

就在昨夜，我曾为它们绘下令人不安的轮廓

2018年

工匠精神

再也车不出那颗圆

去年此时，一块紫檀木料

在我手里出落，它刚强不可一世

不甘心成为，它将成为的样子

彼时我尚未读通六祖

在落日面前，不可谈论天心

在寒枝面前，未敢谈论春满

要克制，竭力保持

一个手艺人的谦卑

这块紫檀棕眼密布，被不同目的砂纸

打磨，愈亮，超越上一次的亮

离你闭关的暗，差之毫厘

那人说"日光明照，见种种色"

那人说"不住名客，摇动名尘"

面对有形之体

紫檀木屑飞舞

我忘了我要车出一种圆

2018年

过东风路而不遇

究竟何人触及

羚羊挂角之一半

一湖水剧烈震荡

一朵花无暇自燃

也许没有风

也许没有草原

吹动你猎猎作响的

未见得，吹动我心安

2018年

她挽弓

她挽弓
藏身护城河的妖精
相约取回那面镜子

她挽弓
古木将信将疑
一枚野果屏住呼吸

她挽弓
我毕生研磨的
是她山水里的一粒朱砂

她挽弓
臣子们噤声
一滴雨包藏无数时辰

她挽弓

所有曲线的伦理

莫若天边，一道长虹

2018年

要有雪

枝头覆雪

摇晃一朵梅花的

是重力，还是心力

催放满园的那阵风

至今盘旋在我的阁楼

肉身之花毕竟沉重

朋友圈的雪乡

加剧了我的虚无

作为一个久居现代的人类

我不该好古，嗜酒，秉烛夜游

古文字皆在沉睡，统御我的

应该是精密的星空、臣服的大地

倘若爱情降临，我将为她奉上一朵

出自何地、去往何处之花

心头有雪

摇晃我的

是宇宙，还是算法

2018年

他在一种圆里写作

令我们着迷乃至疯狂的一种圆
此消彼长,绝非至虚道体
落日之盈亏,长河是一面镜子
当我举起火把,洞窟壁画一寸寸复活

这些年我观测世界,用的是同一把剑
风中能啸雨中能吟,俏丽不过如此
然洗剑之人心中崎岖,溪水壤接山路
于流动又固化中一点点看到:

他们在宫廷,写罗帐轻扬
他们在边塞,写一粒黄沙
他们暗慕妃子一笑
他们忧虑马背上的一根稻草

转身我就将他们一个个杀死

青山埋骨，落日埋骨，一滴雨埋骨

在我昏迈的书房里，万物继续生长

孩子们正从她的语言王国捡起权杖

2018年

巧虎

我的两个女儿

没有一个变成巧虎

而巧虎隐居此地五年

越来越适应我家的丛林

被我的孩子诱以甜食

雪天、动画片以及旋转木马

每天赖床、发呆，涂抹无用之画

小小的嫉妒心，小小的恶作剧

絮絮叨叨的样子，像她的妈妈

这只充满美好规训的巧虎

一再被我的孩子打败

五年了，这只布绒巧虎

每天对它的扮演

让我等视着美与臭美

让我的丛林变得软弱

2018年

正信

春日里

我要确立某种正信：

那些无用的诗句

也有活着的权利

听多了恶狠狠的情话

还是下决心，戒酒吧

多样性趋同是一场灾难

每个学生都是我的可能

我有两个女儿

一年之际，要开两次花

路过迎春桥

我又一次弯下了腰

南山寺的僧人

叫我一声施主

画框里的美人

亲手将自己挂在墙上

谁赞美春天

谁将失去夏秋冬

我是一个中年人

这一点需要谨记

读过儒释道

依旧不知道

2018年

一味药

经熬制而坍塌的褐色液体

一味就地取材

一味来自西部遥远的药材贩子

一味流淌着老中医神秘的笑

这不可知的褐色

对应着不可知的病灶

有恙之躯同样需要和合

地火水风，又或者风花雪月？

一生之中的某些时辰

我们总有变回自己的冲动

一味兵败于驳杂脉象的药

渴望变回一株追风草

案头青石，感受我的喟叹

隐隐大风吹过山崖

而灵魂何以赎回？

当我离开自己的肉体多年

2018年

野迎春的美学

河边的野迎春

恣肆、蓬勃

它们一点也不惧怕

我内心一把黑色的锯子

同为一种原始冲动

它们偏安一隅，甘心俯首

不知名的桥洞，收拢漫天生机

这一身半掩的明黄

实我所见，最天成的美学

多年来，我身体里的触须

无时无刻不在蠡测这个世界

为了达成这种节制的美学

我渴望为它建造一所房子

这样一处容身之所

不必周全，不必是宫殿

当风雪吹动一个句子

星光便从屋檐洒下

而我，随时隐身遁去

2018年

鱼和马

她最爱用来
指喻这个世界的
只有鱼和马
开心时喊鱼，生气时喊马
饱足时喊鱼，饥饿时喊马
《唐诗三百首》插图里的鱼
古装战争剧里被腰斩的马
语言的奥义在她那里尚且模糊
不是所有领地，汉语之光皆能抵达
——在语言的无主之地
当她手舞足蹈喊着鱼鱼鱼
那是庄子汪洋恣肆万物一马的鱼
当她饥肠辘辘踏马而来
是我不知鱼乐不顾泥泞的雨中的马

2018年

赶在开学前一天

一堆石头还没凿好

将垂钓者置于一片明晦之间

卷柏的栽种须高于悬崖

倘若流水潺潺，亭榭里的人

一定要沉浸于某种浩渺

……

父亲说，我认真干活的样子

真像个二百五

什么事情非得赶在开学前一天做？

我想搬进办公室的这座假山

自然之旨趣，未免太匆匆

也不再有人给我写长长的信

对于微信，我习惯了秒回和撤回

还有什么是彻底，或者不彻底的呢？

讲到第八个年头的教案

一些即兴飞翔的句子

音乐厅前落不完的白玉兰
哦，对了
整个寒假，我都在酝酿
再见你的开场白

2018年

山水之损

山东临朐人小史

随下山熟桩

寄来牛、马

有时是亭榭、宝塔

这些微型摆件

置身我的书房

个个生动

唯塔身琉璃暗淡

警醒我为道日损

有一天将它们置于盆景

那些牛马终于活过来

老翁竿下无鱼

山石之下无泉

可不知怎的

每次走出书斋

草籽发芽之声

在我体内一块顽石里

抒发破碎图景

而山水的原型

终于更瘦了

2018年

有时你是女王

十二个姑娘有十二种哭泣

吹恸你的春风

解开大地的忧愁

如意，或者不如意

就别问一树白玉兰的归处

有时你是女王

赤脚在人间踱步

踩翻一艘战舰、一座城堡

护城河里不息的沙粒

挂在你飞扬的嘴角

十二个姑娘有十二种哭泣

凤城河久未湿润

那匹无法追上你的战马

臣子们匍匐在尽头

意中人浪迹在天涯

2018年

春风浩荡

春风浩荡。每一寸都没有主人
你也不浩荡。这些年修习不净观
宇宙和你之间保持着微妙的平衡
美好的事物总要经受对峙
蹲在工地的那个民工，我爱他火红的帽子
大厦的力量在外面，低泣的力量在里面
我用手机说出来的诗句，让文字有了吐纳
少年的耳机循环隔离着这个世界
而他超越我，则是另一种循环
我对小爱同学说，来一段春风拂面的声音
她回答我，暂时还没有版权

2018年

玫瑰只此一朵

她肩上的玫瑰
只能绽放在
她的肩上
如果有一枚刺
那只能是
我黑色的心结

2018年

结庐在人间

晾衣绳上结庐的雨滴

暗藏某种危险

它摇晃我

竭力摆脱一段因缘

雨季过于漫长

从高维降临的事物

让我们误以为四合八荒

等待一支羽箭的飞扬

缩短了万箭穿心抵达我的距离

凝视这滴危险的雨

一万只蚂蚁的逃离变得不重要

我在低处，它在高处

我在高处，蚂蚁在低处

应该还有一些更微弱的维度

比如三分之一的蛙鸣

比如浮萍位移

比如湖心桥渐起的夜色

我应该在哪里等你？

我应该在哪里观察这滴雨？

比起结庐的危险

我更热爱人间

2018年

神游天德湖

此地我们没有安营扎寨

松针之上，不适宜供奉

一所肉体的房子

九点二十，孩子们在沙粒中

认真堆砌一座城堡

又飞快地毁坏它

十点整，一只蝴蝶飞抵我

翅翼轻薄，口中念念有词

它扇动起的春光，微弱而明媚

十点一刻，水流很慢

慢过你变动不居的样子

所有意兴阑珊的影子

十点半，第一句诗开始松动

天德湖水开始坍塌

这天人交战的奇点之上

我试图重构某种稳固

正像你，试图重构我

2018年

诗人

反复修剪一束语言

连同它黑夜里的呐喊

剪去一些杂陈

故纸堆才好安放

江湖与大海

我心里的月色

不见得映照山川

于深林独坐时想一想：

修意求圆融

修己以安人

石头上的裂痕奔腾多年

偶得之际，才见一束光

她悲悯、慈祥，如同远山

于浓雾退尽之际

打量着我

疼惜这个

用尽蛮力的孩子

2018年

静物

作为静物的一种
那个杯子，保持着宿命的倾斜
没有因为水沸的声音
变成另一种哲学的牺牲品

它的釉色并不纯净
就像女孩漫不经心的妆容
当她走在大街上，风是静的
街角咖啡馆的投影坚定又牢靠
凤城河心如止水，那个握竿之人
等待大河破开的某个原点

此刻我侧躺在宾馆的床上
会因为同一种力量一跃而起
打开心中久未矗立的倾斜
我站在古罗马大酒店的五楼

无锡的风垂直吹过

一个波澜四起的静物

将我拥入野马与尘埃

2018年

客尘

古罗马酒店的沿街
一对铜狮子尚未湿润
我新买的水果刀
还未沾染火龙果的红

如若它们就这样老去
修鞋匠、发廊妹、拄拐慢行的老头
梧桐叶、钟表声、饼铺飞舞的芝麻
它们蜷缩于同一种卷曲之中
我快步走过它们之间
第一根雨丝还没有断

为了确信，异乡的因果必然
剪除我作为一个人类的局限
那个水果店的女店员
在迎来送往中，能否看见
我是她此生唯一的客人

2018年

梅雨声闻

闷热，无风
沉香木散发浓烈香气

死去的古树挣脱丛林
金刚怒目，卧于瘤疤之上

而斧斫者立地成佛
他们的脸谱拥有同一个雨季

猛虎就此下山
我要为昨夜写一个故事

声闻缘觉之人置身一把旧椅
榫卯结构里，一切吉祥有序

我精心饲养的闪电

藏于汉语之身每一道裂纹

废墟之上，何如趁此长夜
讲述一个惊心动魄的秘密

在宽不盈尺的乡村河畔
我曾用一滴水，修复整个雨季

2018年

折叠迎春桥

将迎春桥折叠起来

凤城河会落入你的眼眸

一切恰到好处

风物暂且止息

事物急遽坍塌的危险

比执掌一条大河更有趣

倘若一条鱼高高跃起

那是望海楼隔岸观火的爱情

梅园门口的小令旗

指挥"之"字形人群水袖般摆动

大城市的老年团日渐干涸

他们漫过水城，如木窗虚掩

窗外见梨园

当年那位也曾怯生生

捏紧衣角，他穿越迷楼

将自己与别人折叠于东方既白

如若向右手边折叠
桃园的新绿将比往年恣肆
阔叶与细叶交错
一些锯齿形隐藏于更深处
多年来我久居平原
那些刺痛我的
水流的棱角和光线的侧翼
无时不在锐化老去的平庸

2018年

驶离凤城河

星夜里

一只游船在练习

驶离凤城河的黑

它航行的低速

加速了我徒有四壁

躯壳里的空转

大河如昨

漫天蝉噪如昨

驶离同一个河面的经验

让无数个昨天变得生动

那只游船企图

迫近又无限远离我

我躯壳里的那只鹰

一直在练习饥饿

练习摘取

最后的星辉

2018年

薄雾

六点半

我已写完第一篇章

但整体还未降临于我

笼盖四野的暮色

修身束发的朝臣

卡夫卡笔下那匹马

他们出现的时机未到

就像四点半

无法追赶六点半

取代我们的是另一层薄雾

电风扇左右摇摆了一夜

它的机械轴心里一定隐藏着

我昨夜的惶惑、羞耻与不甘

而我无从知晓的天命

并不甘心成为一种隐喻

蛰伏于千山万水

总有不知名的啁啾

破壳而出，为我和声

2018年

长居城市

闯入我耳朵的

机动车鸣笛

晨练之人的剑啸

大街上疯子的独白

共同托起我沉重

又暗浊的肉身

长居城市，久不闻道

打开水阀不再

听见大海的声音

书房里一对跳蚤

它们耳语我的机锋

分出了公母

我憎恶这样的明快

多肉徒长之窘窄

美人迟暮之坦然

破晓有极细微的战栗

机械劳动里失去的一天

应入我梦，成为松涛

这样我方能安然度夏

这样我才好拒斥陌生人

同时让每一个闯入者

赠我一副受难的身躯

2018年

一池空白

一篇公文的劳作

掀翻连日稳健的作息

自我规训中断

生物体以可见的

空白得以延续

凌晨四点醒来

无牵挂之人

无惆怅之事

无喜亦无忧

生物体自有溢出的本能

上午七点整

黑色，空洞，圆形的煎锅内

母亲调制的全麦面饼

形容骤起，食用它们

似乎在享用昨夜之不可能

是的，昨夜湖水暗涨
一同溢出的还有荷花与莲蓬
学生在细雨中构图
他们努力摄取的生动
紧紧攀附又遗失于一池空白

2018年

时间的敌人

程程、多多和小花

河边广场的九点半

小右有四个朋友

巧虎有四个朋友

琪琪、妙妙、桃乐比

一个不老的自己

2018年

黑河

桥栏上两只黑鸦

潦草而节制

仿佛虚空随意的两笔

骤起之风

并不令它们凌乱

黑羽轻摇

为世界做减法

目击它们的一瞬

我语言王国里

黑色的斗篷被打开

多年来我惜墨如金

一条黑河几近枯竭

对于翱翔这回事

我遍访仙山

松下问过童子

大雾蔽山

采药之人仙踪缥缈

我尚缺一对锐利的爪子

去壁立千仞

重构一片乳白

2018年

山川速写

就此占据整栋楼

没有人，也不会有

另外的人

物管反锁了大门

音乐厅的玻璃

将我摄入一个稳固

又略小于自己的时空

翻看一些旧诗

备一门新课

体内的声音很轻

秀丽笔写出的墨很重

大风很重

窗外的流光很轻

无须置身黑夜

此刻即是大隐

空无一人的校园里

一些野生鸟类信步而游

又在下一刻振翅疾飞

——从云端俯瞰

透明的人间

从我的瞳孔里速写

它们的山川

2018年

隐身术

物无非彼，物无非是。

自彼则不见，自知则知之。

——《庄子·内篇·齐物论》

隐身术

大河的同一性
无须一滴雨去证明
而杨柳低眉
它们悬靠的是同一阵风

总有人在河边漫步
此行蜿蜒，不付出一生
不足以穷尽同一张脸
在我俯身滑行的这个午后

无数同类从隐身术中暴露
黄牛一头，仙鹤某种
一株危机四伏的蕨类
崖边垂钓者，生死不明

此行漫长如昨

无法截流，隐秘时刻

一只丹青妙手往返其间

随风四起，临摹大河

2018年

看不见的城市

城市伸展，衍化它的

蛮力破土而出

戊戌年夏，从无到有

入侵我窗际的那幢楼

隐隐刺破云端

它闯入之时

我正修复一本线装书之脊

书为过去所坏

一把竖尺为我所坏

大楼通天，倒拔杨柳于

我内心某处不可抑制的沉落

语言的山谷里，我迷途已久

逻辑之刃锋利，但远非沉我于河

最深渊的力

就像在平原的切面，有多少
殉道之人正负重前行

沿着窗台出发
我和城市加剧着彼此切割
过春晖路而望海楼，过凤城河而崇儒祠
访客问道并无余话，硝烟之上
城市仿生体进化不已，它的反面
被折叠于雾霾间一粒微尘的永恒之暗

2018年

蝉噪一时

一时
蝉在
海陵区东方名邸
八号楼五楼窗外
乞食
次第乞已
还至本处

2018年

小猪佩奇

克服十点半的重力

C2公共汽车垂直上坡

开往仓鼠医生的诊所

小猪佩奇的金鱼得了厌食症

在车上，他们遇到犀牛先生

他信口吹奏萨克斯的声音有点吓人

四个家庭妇女相约前往超市

她们一路笑语，聊完半个社区

他们都是社会人

而我的金鱼心地单纯

我是小猪佩奇，在食物链的顶层

那个吵着看我的姑娘得了厌食症

2018年

野果园

离开贩夫走卒
挣脱一块画布
拒绝减肥者
不再喂养哲学家

我有一只野果
只身挂满一树

2018年

东厢记

夏日严酷，缺少寒暄
忧虑自己人间蒸发
小心切去南园一角

咖啡馆原形毕露
我拒斥过于光滑的切面
但并不打算毁坏它

咖啡豆研磨众人
东厢顿时明亮
推销保险的女业务员

爆粗的《王者荣耀》少年
笑容里溢出疲惫的侍者
他们令我同等涣散

这是一个闷热的下午
我点了一份双色冰激凌
起起伏伏，状如山丘

玻璃窗外，迎面走来一个少女
一个老妪，她们明媚又湍急
几乎相遇在，我惶恐不可测的暗流

2018年

右公主

她会抽泣，有节奏地耸动双肩

在假象丛生的呜咽中观察世界的起伏

有时穿姐姐的旧衣服，宣示一种

偶尔占有又常常朝不保夕的主权

这取决于她幼小的决心，呼风唤雨的意志

巡视任意一个房间，将七月的雨水指鹿为马为

一场大雪，语言的能指与所指因此模糊又丰富

热爱奶片和玉米，打开两排乳牙的方式整齐划一

肉食者鄙，而她从不缺少帝国永辉的谋略

一艘塑料制的船，难言其详的尤克里里

若干被嫌弃的玩偶，无情采撷的昨日之花

共同构成她浩瀚国度的无限子民

用小步伐大步流星，骑在我的大腿上跷二郎腿

口齿不清责备小爱同学为什么不听话，在小区

河边东广场外事交流中学会三两句彪悍方言

盛怒之下，其实又藏着一颗害怕毛毛虫的心

每当夜幕降临，需要拨通某个虚拟号码

以此确认野蛮的一天终于过去，在梦里

伸展女王般的四肢，尽情奔跑于

从未到访的山林

勿忘夏日，雨水充沛

2018年

娑婆世界

朝北的这间盥洗室

光团折叠多次才能闯进来

借助它们之中较薄的一团

父亲切断了流水

女儿在镜子上涂抹口红

我也得以蠡测自身的狭隘

这方长方体几何空间

几乎是以巨大的耐心容纳

各种圆形之物，一只干瘪的浴帽

幽深不知何处的水龙头

首尾闭合的黑夜与黎明

它们因为日久而迟钝

坚守一种隐忍的美学

每一个清晨

我都试图打破这种执念

警惕每一只具体的杯子

从方丈那里取回容器的哲学

镜子里浮现的今日之我

依旧滞留于昨日雨后蛙鸣

入秋了，要和一棵树换回影子

我不能悲伤

不能在无数个刹那分身不已

2018年

在我身侧轻轻呼吸的小美人

就像秋天

背朝湖水

长椅落满来信

一只兔子来访

它有洁白的吻

绕湖一周的男人

蠡测他漫长的灵魂

梅雨抒情之际

我们藏身同一个树洞

雨声中比邻而坐

你有蓝色的眼睛

我有中年人的羞怯

忘记人间的修辞学吧

湖面轻摇，风正起身

2018年

泰山公园

公园老去

夹竹桃心事重重

它们弯曲此身

披戴昨夜之绿

丈量每一个闯入者

罗汉松毗邻梧桐树

阔叶残破，松针脱落

演化苦难的两种真相

真相的意义在于：

抵近大地的一瞬

一种切肤之痛得以传递

太极迟滞，古井不波

胡琴声如影随形，它从未放弃

修复我心中某根断弦

长廊上的女子背身练习啜泣
她与八月的一场雨水芳心互许

有人唤我回头：
不可再让幻听淋湿耳朵

而垂柳的耳朵正紧贴湖面
它们只相信自己听到的：
倒映水中的鸟鸣，一串风语
——游园之人窃而不得的秘密

一切坦荡又固执
写下它们之时，不过还其如初
雨点密如鼓点，催人折返
石桥由此发生着轻微位移
就像古海陵的落日，自汉唐而来
它举目四望，反复迎娶一条大河

2018年

秋日校园

夜幕折叠了我们
阻止了一种流动
一次陌生的结伴

向我走来的年轻人
那把琴是灰色的
路过我的一瞬

秋风无物
就像周末上午
校园湖透明
并不教授任何内容

2018年

两种月色

耐受一片叶子

一种浅表的飞翔

月光下

事物的静止与羞怯

坦然并列着

从中我们得以窥见

万物暗中的虚影

木芙蓉的另一种花萼

在我精心托举的月色下

一只两周岁的幼豹

一只七周岁的小虎

她们闪电般互饲

围猎一支羽箭的两端

身为她们的老父亲

我

总在卑微和动荡之间

享受着羚羊般危险的爱

2018年

两小只

在秋天养育两只女儿
一只隐身，一只透明
桂花下两只学生论道
一只音乐，一只舞蹈

这是平原上的哲学
繁衍其上的兔子
长有不对称的耳朵
一只逃逸，一只奔跑

秋天从天而降
多肉也一定是双份的
给它们上色的太阳
寄居在我懒洋洋的玻璃房顶

不去追逐天空的倒影

每一次现身意味着隐匿更久

会有一段新漆一扇旧门

会有忧郁色的风、玫瑰色的云

2018年

听无尽意

整个冬天

我都在修复受损的听力

阁楼上传来的琴声

是规训的正方形

女孩端坐在圆形琴凳之上

她专注而隐忍

小心求证一段指法

究竟隐藏了多少音符

父亲沉默寡言

他身体里的骨刺

早已洞穿一切

如同一座木制危楼

榫卯结构，摇摇欲坠

他竭力忍耐的痛

多么像一句梵唱

于肉身之塔，抒发慈悲

去年我栽下一株汉语

精修细剪，以成一景

谁料它繁衍成灾，占领庭院

古典世界的边疆就要被踏破

为了抚平它的杀伐

于月光之下

我时时竖起耳朵倾听

立誓做一个，低眉的菩萨

2018年

古海陵

她有远岱和晴岚
一间临湖禅院
万历十年建的岳武穆祠

大雾和香火，共同虚构了山体
古柏不能为我所独抱，倦鸟归林
栖止于语言中的一根枯枝

若非执意叩开山门
野迎春的花将永开不败
而平原之上垒土筑坡的真相
将永久沉寂于幻听中的石刻

摇醒一株语言何其艰难
路人的教诲假寐于圣裁之言
从天际出发的人，相约窥见

沿途的湖泊葬满大海

重构古海陵，要用莫大决心
反照那株语言的摇晃与不安
要将心中形容与轮廓
一寸寸还原成道场

倘若精通隔空取物之术
构筑道场戒台的，一定是
他们心中若有似无的白矾石

他们远道而来
不大可能喜欢泰州学派
长途跋涉会让一个人厌倦思辨

厌倦一棵合欢树发出的邀约
书院里的女子擅长同样的媚术
逃避蛊惑，须得登上更高的塔楼

那是范公眺望过的大海

一只猫行至中途，半坡懒散

采撷我的一轮落日欲言又止

远处，我是古海陵金黄的梦

2018年

雨夜兼怀

掩去羞怯之心

告诉她

初冬不过一树莞尔

歌声里藏着釉变

容器不必通透，经由折射

我们享用着未开化的爱

古松鹤颜，颤巍巍

从地心取回

最后一枚火种

大地上

有我们无法隐遁的法则

透明的陌生人

在雨夜里亮起心事

写下他们

就像一遍遍抚摸

你柔软的耳根

2018年

2019

读他们的诗

是为了确认

那些古老的句法

依旧能够解开

一个现代人的心结

今日午后

冬意正浓

普洱的汤色

接近最后一抹斜阳

书架上的汉字

相互问候

总有一些人，一句诗

遇你对仗押韵

拥你福至心田

2019年

作为父亲的语义学研究

女儿直呼

我的名字

这并非惯常场景

"清凉或者爸爸"

前者积满灰尘

后者越擦拭

越锋利

它们是语言中的

两种戒律

区分一种名相

需要从更深的黑暗中

将它们连根拔起

问题的本质就会回到

她称之为"父亲"的

这具形骸

"慵懒、自负，

困于一条致命的旧巷"

又或者片瓦之下栖身

徒具某种形式

日常光景中

作为她的爸爸

我是某种

充满瑕疵的

微暗客体

语言、符号，一丛

难以言明的音节

悄悄点亮我

无数有漏之身

因此汇聚

成就一个

坦诚的存在

2019年

凤城摹写

天地之间互有祝福

譬如凤凰墩，它是古海陵

图腾般的恐慌，以及爱

蜗居苏中小城一隅

与生活和解，鲜少登高

更多时刻伏案

为自己临摹一轮新日

看它沉落大海

2019年

耳疾再记

线条是事物与其自身的周旋

当你沉重，便不能举起万物，切断己身

新生的雨水要远足，它们惶惑又兴奋

逃离母体，据说要承受某种想象中的悲伤

百灵鸟也持这种看法，她歌声迷人

深谙一种圆形的叙事之法

静室之内，我还停留在最后一卷的摹写

狼毫笔早已凉透，一种声音还没有干

所有锋利都指向久治不愈的耳疾

不假于己，幻听将永恒存在

当我听到风，山谷呼啸，平原浩荡

最幽深的河流反复打磨一块野生的石头

2019年

大河

花去一些下午打磨一个汉字

并不尽然为了汲取古意

我在《道德经》里匆匆瞥见过一眼

那时它恍惚无名，佛教勉强名之能断

问题在于：

考场上，他们奋笔疾书，这不能断

斗室内，书生蓄意未满，这同样不能断

它虎头虎脑，趁我宿醉未醒涌上心头

置身某种谜面，我能斩断什么呢

况且冬日种种，都不足以让人凋零

为了赎回一株语言，我和蕨类互换过濒死之躯

草就于斯，摹写大地，潺潺流水替我研磨法度

有一回河边散步，以自身为饵诱一条鱼

它游来游去，我们试来探去

我和它互持一种心念：究竟谁会上钩

天地瞬间坍塌为两个圆点，恍若太极

2019年

煮茶

蒸汽壶始终在酝酿一种情绪

抛开对立，去赴一场约会

冲上水汽氤氲的云层

亲手揉开那些娇嫩的芽尖

从警惕，到对峙，到激烈交融

沸水的声音压过滚烫的词语

此中没有言语，也无须言语

某些瞬间，如同置身云层

等待被另一种汤色萃取

汤色沉郁，而容器总是冷峻的

包藏意味着占有、阐释和陈述

一种坚硬的逻辑不断击碎摇晃的审美

作为一个旁观者，无法兼有迟疑和杀伐

你若幻想一种透明，尘埃便接踵而至

更深的猛虎，自困于无法出离的石室

趁夜重煮茶，容器的缺口饱含拒绝

那些曾经被我们修复的物件

演化出更精密的裂纹，譬如朝露

而茶汤，终于挤出了更深的泪水

2019年

一生要与自己为敌一次

雨水击打伞面

咚咚咚，砰砰砰

一种关于声音的假象

暂时

构筑起我和世界的关联

舒缓节奏下

它们似有所指

更多时候是易碎的

被小心翼翼

盛装于语言的瓷器之中

这样的雨天，适宜

从虎口夺回一只兔子

危险是湿漉漉的

当我们用箭雨引弓

现实便死了一次

借助一滴雨的描述
大河掀开静穆，一跃而起
不会有再大的雨滴了
一生要目睹一次
一生要与自己为敌一次

2019年

薄雾中的伦理学

薄雾之中

自有另一种伦理

我们居住其间的

古旧秩序

几乎有了

平行于时间的

沉默属性

尺牍不再用来衡量

一座危楼

它只是暂时示现

疲惫

耳鸣无法确切指征

一具病躯

呢喃和呓语

编译了听觉以外的

另一则语法

公共汽车驶过我

载满一厢虚无

我遗弃于河边的语言形式

竟然有了新内容

这真是骇人听闻的事实

多年以来

没人给我的薄雾浇水

我像一个隐形人一般担柴

当后人讲述这桩公案

他们杜撰了我行迹山林的

恐惧和狭隘

而我止语多年

几乎参透了

薄雾中的伦理学

2019年

声音的戒律

弦音和弦外之音
一并进入我
掺杂幽微的耳鸣
它们似乎并未凌乱
在声音的共同体之中
合奏一种想象
消融我的气结

我沉郁多年
体内江山如墨：
梧桐树粗壮
小叶紫檀黑瘦
沉香木击穿雨季
它们替我盗伐
万中无一的整体

长天之上

有滚烫的秋色

那些音节噼啪作响

发出横渠四句

边缘之物绝圣弃智

它们滑向

宇宙中心的速度

构成我的语言和轮廓

漫天雨丝极细

山川为我所速写

韧带撕裂声中

我不再绕湖慢跑

不再摇晃

他人的戒律

我静静看着湖面

那些闪亮的声音的碎片

它们从未完整

它们取走我的侧面

2019年

春生

松柏茶盘

未漆

让我蜷曲的

是一段悬崖

汤色沉郁

映衬脸庞的

骨瓷

有一张春风的脸

一串手珠

惹满尘埃

它在春天

写下我

2019年

春意

土地迷幻

山河卖萌

残垣处

有新生的果绿

不体统的腮红

一簇新笋

一笼旧梦

一群野孩子

他们睁开

同一双眼睛

沿大河而小溪

山中空翠

感受绿意

和醉意

山人早有退意

2019年

春慈

它圆润。多数时刻

如明月照拂

偶尔摘下它

一瓣睡意

黑夜也有了慈悲

不要吻我的悬崖

大风驽钝

春天爬行在一片

羞涩之中

那是每个人的无垠

2019年

春弧

鸟鸣声里有石头

它阻止了某种飞跃

将哀婉与盛大

写入同一种苍翠

我就在石头的腹部

随着山岭起伏

啁啾声飞入

某种尽头

悬崖点头的瞬间

一把巨尺

丈量我

经天纬地的雨水

还在昨日

词语变得模糊

一颗顽石滚落

在它粗粝的模仿之中

山花确信了某种弧度

溪边掬水之人

取走了最后一弯

2019年

暮春路（一）

吸水石上的绿

高于某种规训

高于我精心播种的

无数草籽

这一丛绿

脱胎于被我葬送的

大部分涓流之声

有时大河呜咽

崖柏寄生其上

这一份更重的绿

等待被耳鸣萃取

如若顺流而下

野生之物不可知

江河不可同日而语

你需要悬置一种争论

从迟日江山

挤出更小的绿

它远眺无言

高于我

灰蒙蒙的叙说

2019年

古典浪花

琴声湍急

夜幕里盛开的

古典浪花

临近消散

没有什么是确切的

古曲的生机在于

她隐喻了自身的微暗

演奏者与聆听者

悄然发生着微妙位移

他们的眼神里有电

无数次击中

一棵雪松或者崖柏

空气里充满险峻

她的乳牙顺势脱落

那只抚琴的手

要力挽狂澜于

一颗巨石的陨落
曲式和弦音是等重的
我们临时搭建的肉身
每一息都在向
他者之物说再见

那是一段优美的弧线
我们思虑了很久
也屏息凝神了很久
意外之音骤起
一只陀螺
奋力挣脱我
在我沉闷不可一世的
语言王国里
我要为无休止的旋转
写下惊人的节拍

2019年

毛豆之欲

餐桌上的瓷器

历经同等漫长的等待

它们向昨夜生冷

挥手致意，而隐藏在一粒

毛豆之身的饥饿

浩浩荡荡，试图强化

我虚弱味蕾之上的

伦理

夹竹桃红绿如常

并不因为我的伦理

增色半分

这些年我苦心劝退

草木之欲

不再将菖蒲栽进

天堑或者石缝

凭瘦弱之躯，它可以等视

君子兰一时之肥美

闹市之间推演自然

它们虚弱的欲望

深渊般凝视我

法帖换鹅之人有口腹之欲

王摩诘有空翠之欲

日用即道，月朗星稀

它们教我涵容

让我在毛豆和瓷器之间

长久停箸

2019年

仙鹤的语言

入世太久

我不再习得

白云之上的语言

晴空皓烈，仙鹤虚拟

当我抽取大千肉身

语言也随之离散

归于尘土

它们蛰伏人间的意志

终于清淡而无私

这些年我们谈论

人间的爱

湖面纯真，蝉噪纯粹

一切曲式从容不迫

从她每一次练习之中

汲取情节与烟火

当她有了小说的叙事
月轮第一次成为船只
夹竹桃释放第一眼情愫

我久居人间
这已是最好的语言

2019年

秋风唱酬

窗外秋风

倾力演绎一种浩荡

伸出手

无法占有它们

就像在人群中

我无法攫取同类

这份疏离漂浮了很久

它可能是蓝色

来自年久失修的大海

有时潜伏于舌尖

不可抑制的涓流

我在古籍上推演过

那扇窗牖

剪除多余的形容

烛光极微

与它们唱酬

写下旷野最后的雷电

古老的事物

总是长久挽留我

当你绾起青丝

昨夜如昼

庭前桂花迟落

醒来的汉语

一如从前潮湿

每一天我都在练习

当一个飘浮物

从天空取回镜子

每一次出走

都赠予湖泊

另外的影子

2019年

山海

山里的木屋

结成一种暮色

它们沉寂已久

宛若一场

被遗忘的告别

湖水蓝得让人心慌

让人想起晚宴上

那个同是蓝色的姑娘

我们总被生活中

同样调性的事物包围

就像竹海里

无色的风

那里遗失的啸声

日复一日

被暮寒与山泉谱写

如若我要重复你
我将怎样重遇你
我们相互作揖
隔空问候
在山路的蜿蜒之上
有人间的不可知

2019年

秋风隐

我们还没有大草坪

白鹭和它的同伴

徜徉于黄绿之间

它们谈论枯荣

一同虚构

秋日里的大提琴

栾树的叶子

凭空演奏

那些音律尚未得以命名

我唯一能够体认的

是一树颤动

当你从音乐厅前走过

细嗅桂花

一个暗中的影子

考问我齐物与天籁

我从未学会隐身

秋天亦从未现身

2019年

语言的瞳孔

我带着一个美丽的伤口来到世界上，

这是我的全部陪嫁。

——卡夫卡《乡村医生》

心流

有时是另一种雨水
缓缓浸过露台
暮色显得迟疑
吸水石上有新生的苔藓

一个时辰之前
我在那里读书
繁体字让一株文竹疯长
夏天枯萎过半
这是注疏的力量

心流时刻回落
我愿意就此居住于低谷
接受每一种平坦的事物
各种形状的爱，以及
它们雷霆万钧的怒

2020年

单一性

雨水的复数

从未抵达我

置身伞面之下的单一性

就像被雨淋湿的戴胜鸟

置身笨拙

某些缓慢总是相似的

早餐桌上那只光溜溜的鸡蛋

填充我破碎听力的整齐蛙鸣

如若它要复述我

沿着一切即一的幽暗通道

沿着暴雨如注中的夹竹桃

我就此失去了多样性

暗涨之湖水无法阻止

语言之枯萎

于是我侧下身子

避免湖水滑向，更深的绿

2020年

张永鹤

和张永鹤一起
在图书馆南广场
企图抑制
一种暮色的流动

四年前我也做出过
类似的努力
与陌生人结伴
撬动自己并不诚实的
语言习惯

拨穗礼是一场
恰如其分的意识流
仿佛我还在你的左边
在你的右边
在你不经意的身边

今夜我要叙述

若干个你

叙述某一个张永鹤

为自己的语言王国

找回一角遗失

2020年

隔岸观火

从她手中响起的音节
足够笃定，像是来自
另一个世界的火

助燃的酒精棉瞬间变色
她传递的究竟是火种还是真空？
我们总是轻轻握住词语的碎片
随即转身

一种诚实，足以撬开
僵硬躯体的刑罚
轰然降临
我是否应该表现出战栗？

恍若雪山古旧的山脊
我藏着许多年久失修的物事

在我伏案之际
更久远的荒凉袭来

而体内寒毒
在将去未去之际
与玻璃器皿之空
书写了同一种戒律

2020年

饥饿的基本色

反复啃噬的这颗桃子
渐渐露出深红
是遮蔽已久，还是大隐于此？
在饥饿面前
我们饱尝同一种基本色

占有我肉体的芹菜之苦
它的瘦是绿色的，它知道
如何从老母亲褐色的手中
择去枯萎，它也知道
如何从虚弱的修辞学中
唤醒咀嚼
从前我的饥饿是一座森林

在迷途之中，它反复确认
一种不惧烈日的想象

比如蝉鸣

那是潜伏在我们心头

单一的海岸线

我们不断忠告自己

又不断打翻自己

在海水的辩证法里

尝到最初的咸

那是我年轻时渴望无比

而今如释重负的咸

悦纳每一种异己

接受每一种危险

发出的邀约

饥饿很快将我遗忘

汉语也曾视我为客体

在我暗自踱步的夏夜

第一滴朝露

正警惕另一个舌尖

2020年

既见君子

向春风借一把锯子
奋力锯开湖面与湖底
过江之鲫与漂洋之谜
渔翁告老还乡
它们从此获得
某种匀速

此刻与我同赏
一树桃花的陌生人
也是平静的
我们隔着口罩谈论
过滤后的声线
始终无法抵达，春天

2020年

未见君子

湖水朝另一侧坍塌

杨柳疯长

我需要扶正

内心一面镜子

危险要被擦亮

方能感知春雨顽皮

从它的倾斜里

想象一件青铜礼器

足够古远

日取其半

构成它的极微

闪烁一种正义

正义来自不可分

当湖水暗涨

一定是另一种怒涛

平息了我们

2020年

普洱

汤色辗转多轮
天色随之暗淡

投茶之际
铁壶有不可言的红

推开那扇门
结局明亮如初

故事的尽头
小女孩等了很久

2020年

脱嵌

不干胶残存在墙上
符号已经脱落
一些训诫长久盘踞
会不会有另外的天启？
比如暗绿柳莺偶然降临
语言的冰面上，我们来回踱步
勇敢者自缚于同一种轮廓

廓清自身是艰难的
寒冰统御了整片校园湖
它却无法证伪
枯萎其上的芦苇
平行世界里的寒风
此刻剧烈吹拂湖心桥
摇晃是真切的

问题在于谁之真切？

该于何处索取有形疆域
安放我们不规则的战栗？
就像眼前这根猩红扎丝
它捆束过什么？
一堆不食人间烟火的印刷体
还是《寒食帖》里沉郁的雨？

在雨中，形塑我们的力
每一次都让人如临圣地
我们彼此流动，生生不息
没有人镶嵌于全景敌视之镜
彼时语义将生未生
那些火把微暗，尚未照亮
它所企图的夜

2021年

线团

觉察一只错综的线团
用去整个下午
起初它是肃穆的静物
小心翼翼克服着物理世界
脆弱的光影平衡
倘若我是另一个几何体
空间意义上与之并存
那些均分我们的自然之光
是进入同一混乱
还是言说两种黑洞？

下午三点，阳光炽烈
孩子们从客厅呼啸而过
他们卷起的风掀起静物一角
在我和线团的游戏里
风声、三角形、酱香之洪荒
早已被放逐

王摩诘的诗句

不可附着线团之纤毫

作为交换，我要将逐客令

悉数下达书房里的诸位神明

以此赢得等视，一种危险

而又辽阔的力量

线团内无法解密的缠绕

本命年日复一日的熵增

竭力构成彼此的旋涡

在主客体行将消融的此刻

我看着那金黄色的线头

目光所至，余晖将至

一个属于人类的傍晚

剥夺了所有他者的隐喻

2021年

单数与复数

正午，蝉鸣缠绕

城市的腹部有一根金线

最古典的那只蝴蝶念念有词

它的羽翼微微出汗

文竹死去多日，它带走书房里

菖蒲的绿，工业的绿，杜甫的绿

它们曾共同构筑生物学修辞学

伦理学里，虚伪的深渊

随之而来是灰喜鹊的凝视

男同学女同学

胖同学瘦同学

自洽的校园让我变得崎岖

2021年

秋雨为玫瑰所破

与黑色伞面共舞
获致某种匀速
旋转许不会停止

女人走在黑夜里
那只握伞的手
将无数瞬间拒之身外

小时候赤脚蹚水
雨水的复数
让我们饱尝冰凉

如今要从万物和合里
抽丝剥茧
唯有挣脱她虎口的玫瑰

连同语言破损的伞面

在蛙声鼎沸之前

摘下最后一丛闪电

2021年

酸葡萄

"在两个红番茄之间

分布着一堆深紫色葡萄"

颜色是静穆的

为之命名并悬置多样性

身后的暗礁

这是人类的一处避险之所

但危险依旧长存

比如毕业季干涸的眼眶

比如梅雨季猩红的菌类

灰喜鹊于青天迷路，不知飞矢之遥

荷叶婷婷，在光之折射中将老未老

"只消摘下一片青色

便能换取一刻年轻"

事实上，从未有人全身而退

四年一次的轮回中

目送者与远行者闭口不言
高枝上的青果摇晃世界
这份力，是无法确证的
在更大的色域中，腐果也是正果
有人在湖畔读诗：
"方丈认认真真撕去一张小楷
我的电子书失修多日
不惜开出成片水墨……"

好巧呀，我们都是颜色的囚徒
如若有人走出最后的山水
请替我赠他，一颗酸葡萄

2022年

圆的飞行术

突袭我们的雨滴

来自乌云更深处——

在云层中，老神仙挤眉弄眼

但绝口不提人间之圆

百鸟毕竟慈悲，倾囊相授

关于飞翔的各种堂奥

怀揣懵懂与冲动

它们降临人间的速度

比语言更为迅猛

其朽坏，也更为剧烈

语言之圆尚未成形

背身一粒已然破碎

如同少不更事的年轻人

它们前赴后继，砸向

肉体的力

仿佛在用若干化身

归宁一个法身

在郁郁黄花之中

我的眼眶

差一点就湿润了

就是差那么一点

大地忍受了

更深沉的泪水

2022年

第二雾

尘土飞扬中

马蹄有别样的欢快

声音由块垒而丝状

缠绕你心头的落日金线

将以何种方式解缚

何人赠你余晖

赠你马尾辫上

无关岁月的鹅黄一瞥

舍去一些有用之物

一些别有用心的长句

心中贼要给山中贼

悄悄挪出一块地方

达摩面壁九年，想必学会了担柴

在结满薄冰的校园湖

不必脆弱得像一根芦苇

灰喜鹊不必在雾中留下爪痕

2022年

焉知生

那只鸽子

寻常光景里的

鸽子

轻啄雨水

野菊花倒开在

昨日

滑板男孩卷起

粉色裤脚

踩中几片黄叶

它们干脆又清脆

这娑婆世界呀

夫子并没有提问

2022年

盘坐一团

老母亲栽培的小番茄

挤挤攘攘

它们彼此并不关心

谁先落定尘埃

左宝说，"有第一个，就有第二个"

右宝说，"先到先得，我就要这颗"

她们分别坐在

我的左腿和右腿

前临宫涵，豁然长风

我突然想起

王维的中年

和他未簪的乌发

2022年

最后的石斛

在榫卯结构里

端坐一个下午

轻轻抵住

一些薄如纸片的欲望

任其沸腾

任由书脊发脆

它们都曾像我一样

雄心勃勃，从一个荒原

到另一个荒原

以为宽袍里

能够藏住风

书架上的先知

驽钝疲惫

他们安住太久

并不奢望

从某处开裂中

打开一个新世界

穿堂风掀起尘埃

从古典插图里带走

最后一朵石斛

一切都在缓缓流逝

书房静默如初

木椅中人微笑如初

而距离一朵拈花

的远

如何也迈不过去

2022年

暮春路（二）

人潮里赶路

人声渴饮着钟声

红日一寸寸升起

南山寺朝露分明

你阔步向前，捐弃了

作为一种戒律的悠扬

有那么一刻

我担心它无可避免

从这娑婆世界坠落

又或者

沿暮春路以北

滑落暮春路以南

西红柿从她的酒窝里

降生，老板娘银铃响起

难掩一碗红汤馄饨的羞涩

城隍庙的烟火呈绛紫色

凡人的愿望跌跌撞撞

一如灌木丛里稀疏的虫鸣

2022年

凤城河与太极图

凤城河畔一阵长风
它平等吹拂一众
蚁类、蕨类和人类
万物各凭尺度，弯身
收取一截不动之矢

临岸有人家，也有庙宇
在汗涔涔的大地上
它们分别执掌两种戒律
此刻我应该活泼，还是庄严？
孩子们戏水归来
满身水晶摇摇欲坠

彩虹步道均分我们
眼球中的光
工业也变得可爱

在缠丝劲尚未升起的正午

一种热掐头去尾，据说

正是烈焰本身

2022年

朝圣之旅

掌心有空

方能握持一把钝器

在修枝术渐失锋芒的傍晚

隐去临水派和文人桩

小叶榔榆缓缓，慢慢，渐渐

冠幅如云，可它

究竟更接近云之原型

还是远离云之缥缈

在新枝与枯枝之间

我们总免不了流离失所

一只蜗牛兀自出现

满身泥泞中缓缓，慢慢，渐渐

朝一棵大树前行

虬枝横卧，天有异象

紫砂积水几近汪洋

在人工降雨之中

观潮者书写受难记
一苇渡江尚未上演
会否另有一处虚空
藏身躯壳更深处？
这些年我们苦练瞬移术
只为方寸之间施展

从黄昏之梢到黄昏之尾
落日熔尽，最后一个圆
暮色四合之前
我们一遍遍施展修枝术
于虚空之中精雕细琢
而树的神性
藏在它的爬行之中

2022年

纳凉记

很久以前的夏夜

草席平铺在石桥上

微风和蛙鸣沿着石缝

钻进我幼小的耳朵

月亮就在河水中央

她和萤火虫交换着光明

一只，两只，三只……

在没有电的世界里

有它们的庇佑

有蒲扇的庇佑

多年以后，我依旧倔强

笃信一生美如流水

笃信一切微光

都被月神轻吻过

2022年

急性胃肠炎治理术

蒙脱石散冲剂，2袋/次

肠炎宁胶囊，4粒/次

复方小檗碱片，4片/次

藿香正气水，1瓶/次

在亲切的医嘱

和精准的剂量之间

正方闪闪放光

可为何我总挂念

一服稀粥的偏方

2022年

微风扇

果绿色微风扇

稚气未脱

懒洋洋

倒垂在

公主房的星云

和蘑菇之间

一件工业品

褪去工序

长出叶子

在人间

咧嘴欢笑

需要施加

什么样的魔法

下午三点

在微微，微微的

汗珠之中

它的旋转

稚嫩而清澈

就像女儿

即兴发出的提问

2022年

金乌修辞术

金蝉在她的腹部

横抱一张古琴

反复弹拨一根丝线

她的曲式古板而绵密

企图唤醒梅雨季

更深的啜泣

漫过闹市和深林

你的倔强始终如一

橙色被你从一只橘子的体表

小心剥离，只为度量

四十度的凤城和她

风姿绰约的预警

更多时候你难以抉择

不知该复活哪一只金乌

不知夏枯草能解何种箭毒

于是你努力练习古曲

一种更大的哀鸣

从声音的矩阵中

缓缓升起

你编纂的金乌修辞学申明：

"用严肃对抗对方的戏谑"

这是太阳神的嘱托还是戏言？

在后裔的叙事中：

它们误入人间

又草草离去

被射下的一瞬

神弓的曲线里

藏有更大的荒凉

而你一再拒绝荒凉

寄居小城一隅

学习倒立，听音辨曲

学习一轮落日的金汤甜蜜

学习从瓜果坠地的圆弧中

裁剪凤城河滚烫的流水

2022年

语言的瞳孔

在一提一旋之间
水柱从花洒的瞳孔里
被制造出来
她们如此秀丽
一声声啜泣
仿佛用尽毕生的气力

仿佛与更细密的汗珠
相遇
构成一桩周末上午
羞涩难言的人间罕事
在水的舞步里
这具枯涸的中年肉体
等待着更微弱的抒情
以及更汹涌的灌溉

而灌溉的另一头，悄然
呼应着未尽其形的
无源之水
呼应着揭去太史公
"浴不必江河"的盖子

当它们以决堤之势涌来
不妨捧起
江水湿漉漉的脸庞
看着雾气蒙蒙的镜面
一件空翠的湿衣
那是语言粗粝的轮廓

2022年

湖水如昨

泛彼柏舟，亦泛其流。

耿耿不寐，如有隐忧。

微我无酒，以敖以游。

——《诗经·邶风·柏舟》

观水沸

江水在长嘴圆壶之中呼号
它在求证一种假设：
与惊涛拍岸相比，容器之中
能否蓄积更持久的愤怒

在它急促的嗓音背后，我总能听见
父亲慢条斯理走近一个容器，解开它
喉结上的红丝带，用更朴素的力
抚平那些声音里横冲直撞的新伤痕

而旧伤痕藏于更深处，比如观沧海时
滑落的星辰，比如不系之舟飘零之际
江水之中长出一根透明的绳子，比如
容器坏空，这衰朽之中的慢，慢，慢慢

每一次水沸都让我变得更慢，让我

在提水灌溉之际听见草木冷却的声音
——它们有可能就在我的耳侧，从来
都是完整的、小心翼翼的耳疾

2022年

观多肉

这一次是从直播间拍回的多肉
为它们修根、配土、移盆、铺面

一切郑重其事，一如多年以前
为它们拔根、去土、空盆、悼念

它们可能更喜欢云南的红壤，念念不忘
直播间里，女主播同样滚烫的红色喉结

在虚拟世界里，植物的翠绿经她们萃取
变得更加抽象，一些藤蔓紧紧锁住我干瘪的喉咙

为了抖落旅途中的疲惫，猫耳朵和姬胧月
微微蹙眉，彼时尚无凤城河羞涩的雨水可以倾听

我反复留下它们，而它们反复离我而去

那些空掉的花器，锁住过我清癯的呐喊

每一种声音都委身一件容器，女主播洞悉了这个
秘密，她在流量的世界里信手打碎又缝合它们

然而再一次，每个人依旧紧紧握住长嘴干瘪的水壶
从它咕嘟欲出的呜咽声中，打开欲望精致的窄门

2022年

观左右

她们正攀爬小区广场的单杠
一个在左边，一个在右边

左和右均分着我，让我在光溜溜的
阳光下不断滑落，又旋即升起——

这多么像语言冰面上的角力
在平滑之中，我们总是顾左右而言他

以至于，一时忘记老中医把脉时的忠告：
小通草和炒芥子在左边，你在右边

2022年

观其略

蝉鸣玄黄，它金色的嗓音
略低于紫色的龙吟

落叶松入寂，而松针怒目
其慈悲，略小于蒲苇

酢浆草匍匐在地，蠡测人间
红耳朵须略多于黄耳朵

倘若无风，炊烟略高于悬铃木
一声呼唤，将无法传得更远

你还在昨日，我们一起登高
犹记得四下大雾，略胜于今天

2022年

观灰白

腐果满身泥巴

她埋头不语

静候多时

这不为人知的衰朽

突然抱紧我

文科楼拐角处

考研女生的马扎

呜呜咽咽

读书声与扶梯声

兀自折叠一座楼宇

女儿手持混天绫

脚踏故事书

她要除妖降魔

那不容置疑的童声

降伏一只猛虎

中年人就此下山
他依然需要
从一个彩色的世界中
拨开花白的鬓角

2022年

观红尘

在风中疾驶

黑夹克上的风

无色无臭

如同一段隐喻

附着在她脸上的光

无限流转

轻轻抖落

一个路人的秘密

大千世界里的红尘哪

那么薄

在你听力破碎的耳畔

那么呼啸

2022年

观枯荷

偌大的校园
从无一刻敢与这枯荷并立
是的，这瘦骨嶙峋的枯荷
我们曾一同燃尽灯芯

草木饱含愁绪
这愁绪使我们得以
在语言的冰面滑行
芦苇挽起湖水的袖子
她的竖琴曲若有似无
初冬似乎写下过什么

而我只剩下
一阵沉闷的咳嗽
回荡在清冷的校园
这清冷与我并立

像一位鹤发童颜的老者

与他者并立

斜阳不曾立下誓言

万物在彼此的脆弱中

完成了普照

2022年

不规则叙事

在一种叫卖声中
悬停良久
马路上的小摊贩
连同那只不规则的梨
反复灌溉
我情绪中的某些空白

这些空白自行其是
脱缰于肉体的粗鄙或精密
大而无外，小而无内
那么此刻，约翰·洛克的白板
藏在哪里？

这只素妆的梨
连同她脸上不规则的雀斑
就这样闯入了马路

就像人间烟火中闯入了我

而背竹篓的人

正向深林里走去

2022年

请陪我一起属猴子

叶底舒展

公道杯老去

在琥珀色的茶汤之中

它们完成了某种置换

一次从原始之初

到容器之空的转身

这样的惯习

每日都在上演

比如蓝色炫赫门

沉入蓝色烟沙

在结晶的折射之巅

端坐着缥缈易碎之身

又比如2020年8月

一个戏精对我说：

爸爸

请陪我一起属猴子

她的鼻涕未干

在童言和圣命之间

时隔三年

我简直要迈开

暌违已久

第十三个生肖的

猫步

2023年

鸟鸣余晖

鸟鸣嘤嘤

邀我于长空

神之听之

赠我以透明

鸟类学从来

都是朴素的

它们低回的

音节之间

藕连着

极微的罅隙

这一段空白

由来已久

比你的饥饿

更为持久

像极了雨后

如洗的耳鸣

2023年

电梯余晖

在老迈的文科楼
柏拉图投掷了无数
明暗不定的矩形
在矩形的投影下
一台电梯升降不已
它沉重的叹息声
比大多数喧哗
更接近理念本身

这些叹息发自
它饥肠辘辘的腹部
一只蚊子
连同我的目光
附着其上
在浩瀚和逼仄之间
它们都曾试图抓住

某个光滑的瞬息

某个物自体的瞬息
又任由它
在人生如幻中
自由落体，收下
这毕竟超越了
一缕烟雾的直
一寸道心的直
一簇石楠花的直

2023年

马尾辫余晖

下午四点二十
学生们退潮般散去

一辆翠绿色自行车
缓缓驶离人群的倒影

它的绿漫不经心
随时从车身之上剥落

铃声漫不经心
易碎如一件骨瓷

车轱辘漫不经心
复制着我多年的眩晕症

马尾辫漫不经心

稍稍晕染了落日金黄

她的翠漫不经心
假意要与春风割席

2023年

声音余晖

漫步林间
踩着一些柔软之物
它们宽厚、松沉
恍若北山寺
缓缓入云的钟声

在钟声里
我们一遍遍洗去
尘世的污泥
用剩余部分
浇灌声音的种子

它们深埋于此
等待着被更窸窣的脚步
唤醒，一如多年以前
一只燕子飞离寺顶
虚空的不可知，倒映在

它漫长的滑行中

回廊里枯萎的紫藤
依旧环抱着过去
它们迎向我的目光
温暖而慈悲，像落日
平等赐予万物
金色的余晖

一切如如不动
脚步迟疑时
鸟鸣清越时
燕子飞来时
涓滴为大河收取

2023年

钟楼巷余晖

老屋青瓦之下

穿汉服的小女孩

如同一个虚影

她牵着我的手

雀跃着穿过

影子闲吧和牛牛生煎

穿过一朵蔷薇

一扇旧窗

一棵银桂正练习倒立

她没有停步

陌生人也没有停步

在一场流动之中

世界得以确认

自身的存在
四方的街巷倒影

得以投射，当她
以凤城河水引弓
漫天箭雨碎裂为
温软的帷幔

奔跑中的小女孩
飞舞着裙裾
在流速之中，将我
和光影残照连根拔起
挽留着一条旧巷的衰老

2023年

雨夜蛙鸣余晖

窗外蛙鸣正盛，这一亩方塘的梵唱
庄严如教诲，压低了大地的舌尖
如案头伏首，象形文字已无当年形骸
究竟谁在神游？
如倦鸟归巢，俯身冲下如洗的镜面
如达摩面壁，这千仞绝壁上的无声
何以传得更远？

夜雨过后，整个城市饥肠辘辘
到处是溪流，到处是江海，到处是
饱满之际，一种更为强烈的空
被雨淋过的人变得透明，一尘不染
他们挥舞残存的闪电，一遍遍擦拭往事
那些往事变得闪烁其词，像一只殒命
而又重生的萤火虫，它在复述什么呢？
是一团毋意、毋我的爱，还是

一滴夜色中慈悲的泪？当它闯入

人心的沙漠，娑婆人间的秘密呀

就这样在雨夜流淌，恍若天光将至

趁夜重，趁江河汹涌

2023年

凤城河余晖

一朵野花

从繁茂的根茎中

挤出来，不远处

一只腐果

横躺在黑色的大地上

只身来到宽阔之处

她们经历着同一种

遗弃，就像若干年前

夜游凤城河，船行水面

波纹折叠着两岸

她们挥芳曳风

借大河的眼泪

练习更低的啜泣

2023年

汉字余晖

汉字从洁白的纸张中
流淌出来，随即四散
迎着更密集的印刷体
奔跑，回应天启或者
印鉴此心
像蝴蝶追逐夜雨
像一眼望穿终生
我们都有这样的时刻：
渴望答案
渴望在危险来临
之时，舍身一扑

2023年

落日余晖

只属于她一人

无限折叠着

花枝微颤的落日

柳莺尾羽的落日

天心正圆的落日

长椅铁锈中的落日

渔夫帽边缘的落日

湖蓝色泪滴的落日

······

此刻忘乎所以

将我从精致的偏狭中

打捞起又晾干

赐我一座胖乎乎的

球形监狱

唯有在狱中

语言的余晖

得以永生

2023年

宇宙余晖

美人并不打算走出扇面
物理世界如此乏味
我养的多肉黑腐坍塌至
另一个分身

弘一的法帖高悬于阁楼之颠
它正召唤我，召唤我拾级而上
却不虔诚的脚步——它们轻慢
闲适，如同一只黄昏里的鸽子

时至今日，我的茶道并无任何进步
汤色在一投一洗之间沉沦，那一声
叮咚，障目我多年
达摩说"并无不同"

在芦苇与湖水之间

在圣谛与情话之间

总有一些涟漪随风四起，由湖底

而生，漫过你最浅的酒窝

2023年

湖水如昨

荷叶如盖
而芦苇有微弱的抒情
湖水小满，在无数个暗涨的
夜里，一种透明正起身离去
有人在湖边清唱，微风拂动
杨柳，速写她绰约的风姿

同样的沙沙声，我静候多年
比如在鸟鸣声中滚动一粒石子
比如从夏安居中抽走一根茅草
任由它们奔走，化身一段弧线
或者，一道更轻的闪电

看它们丹青直抒涂抹我
看我漫不经心留白它们
"凡所有相，皆是虚妄"

而湖水如昨

校园有更淡的墨痕

2023年

观雨

人群里看到她

那么熟悉

像是镜面的一部分

像是雨后的一部分

她在许愿树梢缠绕的

红绳，又被雨滴重新

系上一遍

人世间那么多湿漉漉的

愿望，方丈止语不言

香客们退出深山，只有

溪水潺潺，她接住了

一粒粒

浑圆又透明的心事

2023年

观呼吸

"紫泥卧于掌心"与
"猛虎逃离西施壶"
遽然分裂
它们明明出入于
同一面镜子
却又如一束光影
挣脱不可言的深渊

镜子和深渊
大约是等重的
它们悄然构筑起
语言冰面上
一把锈迹斑斑的
孔明锁

离锁眼最近的位置
一些对偶之物

颤颤巍巍

勉力维系某种平衡：

火焰与春雨

竹杖与盲僧

一元论与无可住

垂杨柳与少女心

······

在它们的对视中

溪水呜咽，泉眼无声

开示的意义在于：

解构一只壶承

便也打碎一具肉身

应该还有更深的凝视

倒也不如，在它们的

反复位移中

作如是观

2023年

观天机

养伤半月有余

无数次练习从疼痛之中

抽离肉身

大部分时间将它置于

一把旧椅——一种匀速

摇晃的假象

在苍老的吱呀声中

握紧一杯水,连同它

沸腾前的等待

不会有更漫长的时刻了

凌晨醒来,瞥见

只剩半截的黑暗

下意识捂住骨裂缝隙

捂住云层和它即将泄漏的

天光

我们都在等待同一个

若隐若现的消息

2023年

可爱的酒红

下午我亲手

点燃的

一壶普洱

挣脱了沸点

挣脱了揉捻

挣脱了杀青

它从玻璃容器中

探出一张脸

无限接近

热带雨林中

一截初生的疤痕

这番降临

新鲜又明媚

我从未在人间

见过如此枯萎的

酒红色

它们一缕缕飘散

一缕缕挤进

语言的缝隙

这一杯湖水

正变得年轻

我也因此可爱

2023年

静物

再也不可能
从黑夜里取一杯水
取走那只松软的木塞
一个呆头呆脑的，旧物
在无数次热气蒸腾中
被拧紧、拔出
倒置
如此反复
如同一段环形的往事
它的外形早就朽坏了
和那只握紧它的手一样
并不保温，却凭空
传递，木门的吱呀声
和那串束紧它的咳嗽声
那是七岁的我，拥有的
全世界，唯一的静物

2023年

可爱的枯荷

你圆满了
方能知悉缺失
还是你缺失着
本就具足圆满

冬日前夜漫步于此
以人类的思绪
反复摩挲
一轮冷月的正反面

校园的枯荷
此刻
正反身进入
另一种经验：

湖光褪去潋滟

而皱纹

拒绝在朔风中

凌乱

2023年

蝴蝶

在六十九考场
白色粉笔灰簌簌下落
像冬日薄雾
像蝴蝶的一次
脆弱远行。临行前
她被告知一些禁忌：
要低回，不可高飞
要静默如初，勿念念有词

无声的投影幕上
当戒律终于通过汉字
得以赋形，数千年前铭刻进
青铜器的血，追逐过闪电的
雨
纷纷坠落
一些书写正变得愈加

幽静、窸窣，直至无名
就像阶梯教室里盘旋着的
空

可他们还有红袜子、紫头发
巧克力头绳上立着一只绿蜻蜓
穿维尼熊睡衣的姑娘在我
身后，此刻睡眼惺忪
尝试用一种另类的书写，对抗
雨点般密集的印刷体
在循环往复的踱步中
总有一刻，总有一件
被遮住了锦鲤尾巴的
花外套。在某个瞬间，永恒
遮蔽了，一片深渊
一整片语言的深渊

在雨点中，一只年轻的蝴蝶
正扇动着翅膀，朝我飞来

2023年

雪中

收束心神

收束天地间一把巨伞

簌簌然、窣窣然，从天而降的

第一粒，名为何物

来不及命名就随风飞舞

随缘度化一根枯枝

摇摇晃晃，猛虎端坐其上

灰喜鹊的叫声比以往更干净

学生们随手画出锦鲤、狮子和孔雀

枯荷拥有了恒河沙数般的分身

她（们）喃喃自语

一枚琥珀睁开它看不见的眼睛

我的尾羽也从未圆满吧

当它在寺顶栖落

这人间的形状和情状

纷纷扬扬

语言早已白头

2023年12月18日，记泰州第一场大雪

凡尘发明

下午三点
一盆年轻绿萝淹没于
强烈的光团之中
金色怀抱绿色
一些难以命名的纤维
（一丛正在解体的语言）
从植物藤蔓上
倾泻而下

午后就这样
被重新制造出来
炽热的心
被重新发明出来——
它们都怀揣同样的技艺：
来自云端，并不跌入泥尘

很多年前路过地铁站

一个没有下肢的乞丐

（一股飞速而过的人流）

向我张开双臂——

他想环抱的世界：

冰冷、中空，幻影重重

"世界无非诞生于当下"

比如此刻，阳光照拂中

它正长出翅膀

一团金色光线的编织物

而他的指甲缝里

分明

长满泥土——

一种大地上

并不存在的发明

2023年

第三雾

惊起而飞的鸟群

在空白处

绘制着某种弧线

前方是水杉、壁画

还是楼宇的倒影

不得而知

大雾重构了一切

它用看不见的伦理学

修辞学、工程学和力学

让飞翔变得不再确切

啁啾声省略了多余的动作

省略了阴晴圆缺，省略了

一道弧线的尾巴

在声音的余温里

我茫然四顾

仿佛自己

亦不存在

2023年12月29日，记大雾弥漫

雾之未散

它深知，一滴水轻吻
一张年轻的脸庞，讶异
会怎样骤然蒸发

它也深知，一只仙鹤
降临人间，先民的声音
暗藏在它的尺骨裂隙

大雾给我们一个轮廓
在热烈和清癯之间，我们
日复一日讨论生与死
讨论遗存与变异

会不会就像它所暗示的：
一匹棕色的马从马厩探头
一朵浮萍沉睡在自身旋涡

万物皆备于一场逆旅，滑行

与俯冲，复制着同一种弧度

2023年12月30日，记大雾未散